第一句集『伊月集 龍』新装復刊にあたって

第二句集『伊月集 梟』のあとがきに「第二句集の制作を機に、生涯出版する句集は全て『伊月集』と呼ぶことにした。三十代までの作品をまとめた第一句集は『伊月集 龍』と名付け新装版として再版、今回の第二句集は『伊月集 梟』として世に送り出す」と記したものの、なかなか手をつけられないままになっていた第一句集の新装復刊。やっと形になって、ホッとしている。

三十代の第一句集、四十代の第二句集に続き、生涯に出版する句集は、個人シリーズとしてトータルに制作することに決めた。本というモノの力もまた、芸術だ。敬愛するイラストレーター赤井稚佳さんの原画、信頼する装丁家キム・チャンヒ君のセンス。この最強に素敵なコンビの手による、モノとしての魅力も楽しんでいただければと思う。

出版にあたっては、俳句のご縁をいただいた朝日出版社さんのお申し出に甘えることとなった。心からの感謝を捧げたい。

次は、いよいよ五十代の第三句集に向けて準備を進める。わくわくする日々が続く。

二〇一五年　春

夏井いつき

わが友夏井いつき第一句集『伊月集』に寄せて　黒田杏子

人はこの世に生まれいでてから、どれほどの出合いに恵まれるのであろう。

人と人の出合いにはさまざまなかたちがある。実際に相手の姿にまみえることがなくとも、人は言葉によって、深い出合いを果たすことも出来るのだ。

夏井いつきという若い女性と私はあるとき運命的な出合いを果たした。

牧羊社という出版社から私の第一句集『木の椅子』が出た。三十歳を前に再開することが出来た句作、私は俳句を作ることによって、自分自身のこの世に於ける存在をどうにか確認できているという実感に支えられて、ともかく日々句作に打ちこんでいた。私の俳句の師は山口青邨先生であるが、結社内の連衆句会の中で、私を鍛えて下さったのは、同門の大先輩の古舘曹人氏である。

ある日、曹人さんが「句集をまとめてみなさいよ。自分のこれまでの作品を見直しながら、思い切って、過去を切り捨てる。これが句集を出す意味だろうね」とおっしゃった。

青邨先生の御許可を得て、さらに序句まで賜って、私の第一句集『木の椅子』が女流シリーズの一冊として刊行された。私は当時、俳句仲間以外には句作に励んでいることなど誰にも告げていなかった。仕事で存じ上げている諸先生方には勿論、毎日職場で机を並べて働く親しい同僚にも全く、そのことは黙って過ごしてきた。

私の職場は神保町の本の街の一角にあった。自費出版のささやかな句集でも、たとえば東京堂書店の二階の詩歌、短詩型のコーナーには並ぶということがあって、私はそのことが気がかりだった。悪いことをしている訳ではないのだけれど、昼休みなどに職場の誰かがひょいとその書棚の新刊句集に眼を止めたりしたら困る。私は自分の句集が何とか知人の眼に触れずに時が過ぎてくれるようにと祈りながら、毎日その書棚を見廻って買い取ったりしていた。

思いもかけないことに、この句集は現代俳句女流賞と俳人協会新人賞を受賞した。

職場の仲間もびっくり仰天したが、お親しくして下さっていた瀬戸内寂聴先生や、仕事で長いおつき合いを重ねていた永六輔氏、このおふたりがとりわけ驚かれた。そして直ちに応援団となられたのである。

それからの私は、もうかくれ俳人ではなくなった。俳句を作るキャリアウーマンという見出しで、毎日新聞の「人」欄にもひっぱり出されてしまった。牧羊社の「俳句とエッセイ」の読者投稿欄の選者も引受けることになった。そこでの「牧鮮集」という、どちらかといえば、若い人、初心者のための投稿欄の第一回からの投句者が夏井いつきさんであった。

名古屋の三島広志さん（当時風行と号していた）、青森の山本けんゐちさんなどと共に、生まれてはじめて、雑誌の俳壇選者というものになった私には生涯忘れることのない強い印象をひっさげて登場した文字どおり新鮮な俳句作者群のひとりであった。

夏井さんは伊月という本名も記されていて、その文字もとても印象に残った。そして、何よりこの人は、全く未見の私という選者に、生まれたときから知り合っていた友人のように、率直かつ本気で、何のてらいもなくぶつかってきたのである。

　筆蹟がまずよかった。読みやすい明快な文字、詠みたいモチーフがはっきりしているので、すこし添削すると、たちまち佳句となる。投句用紙は黄色の一頁で、裏面に書きこめるスペースがたっぷりあった。毎回、いつきさんは横書で、私の添削がどのように勉強になったか、俳句の詩型と格闘してゆきたいなどという感想を心をこめた文字で認めてきていた。この通信文がどの位私を励ましてくれたことか。真心のこもったいい文章なので、コピーをとっては私はそれを折りたたんで鞄の底に納め、仕事で走り廻るタクシーの中や、新幹線、飛行機のシートに坐るやいなやとり出しては読んだ。何枚かのコピーはいまもどこかに捨てずにとってある筈だが、残念なことにそれを探し出す時間がいま私にない。

　夏井いつきという人は、従って私にとっては恩人なのである。私を先生と呼んで下さるけれど、私たちは俳句雑誌というメディアを介して、四国の海辺と首都圏に離れ住んではいたが、その出合いの最初の瞬間から、無二の連衆であり、出合うべきほんとうの友人であったのだと思う。

　いつであったか、この人から電話がかかってきたことがある。そのとき、私はこれから毎月、京都寂庵で寂聴先生命名のあんず句会がスタートする。機会があったら、あなたも出かけてきて……というようなことを伝えた。

「京都、いいですねえ、でも今の私には遠いんです。毎日新聞の『女のしんぶん』も知人に教えてもらって、俳句欄で先生の選句とか拝見してるんですけど、お目にかかれないのが残念です」という言葉で電話が切れたことが想い出される。

また、私の入門講座「今日からはじめる作句」を読んで、「やっぱり句会に参加して勉強しないと自分が見えてきませんかね。先生がいつか主宰誌を持たれたら、いの一番で参加しますから、お願いします。それまで、近くの結社の句会に行ってみます」というような手紙を受けとった。私はともかく「母親としての仕事も大変と思うけれど、あなたは俳句のために生まれてきたような人なのだから、どういうことでもして、たゆまず自分を鍛えておくように」と返事を書いた。

吉野義子先生の「星」に学び、「藍生」創刊と同時に山本けんゐちさん等と共に参加した経緯は右のようなことなのであった。

そして、もう今から何年前になるのか、松山市でついに私は夏井いつきその人に対面した。「藍生」創刊以前のことで、今は亡きジャック・スタム氏、佐藤和夫先生などと国際俳句シンポジウムのパネラーとして私も俳都松山を訪れた。そのとき、夏井さんを見て、スタム氏が「あの人はセンスあるね。モモコの友だちだけあるよ。ああいう女の俳人がどうも今の日本には少ないよ」と言われたことをあらためて想い出す。幼い坊やの手を引いて佇ついつきさんはファッショナブルで美人で、明るくて、頭はよさそうで、何よりいきいきとしていた。ダイナマイトを抱えたような主婦とも私には思えた。

梅咲いてまたひととせの異国かな

という名吟を墓石に刻んで、いまはこの世の人でなくなってしまったジャック・スタム。氏はコスモポリタンそのものであった。組織や権威が性に合わなかった。しかし、鬼貫を愛したコロンビア大学出身のこの本物の詩人は直観的に人を見抜く力を備えていた。「モモコの友だちだけあるよ」はお世辞だが、近ごろ、NHKの人気番組「天才てれび君」にも出演している夏井いつきという人の本領を彼は曇りのない眼でその時すでに見抜いていたのだ。スタム氏が生きていて、私といつきさんと三人で東京でおしゃべりが出来たら、どんなに愉快だったろう。少年の心を終の日まで抱きつづけていた彼もまた「天才てれび君」にはまり役の大人の詩人だった。

さて、句集『伊月集』の中から、私の好きな句を十句ほど挙げてみる。

もともとこの作者、多作である。才人である。読者を愉しませてしまおうというサービス精神旺盛な人である。そこは私と大きく異なる。

句稿が送られてきて、このまんまでもいいかという思いもあったが、私はよくよく考えた末、かなり意見を述べたし、朱も加えた。

そしてまたかなりの時間が流れ、この原稿が送られてきた。よくも悪くも夏井いつきという人の現在がありのままに出ていると思う。

選句も構成も、初稿に対する私のアドヴァイスを受けて、その上ですべて自力ですすめたのである。そのプロセスを私はよろこぶ。プラスもマイナスもその人の世界だ。夏井いつきはすでに自立した作家なのである。

幻聴やたかみにくらき桐の花
桐は天のあをさに冷ゆる花なりき

日盛や漂流物のなかに櫛
敬老の日の警報のでてをりぬ
犬靴をくはへてゆける子規忌かな
そこにまだありをととひの鵙の贄
大年の夕日見にくる奴らなり
雪の夜の冬剪りダリア束ねらる
文机の端まで歩く冬の蠅
曾祖母の鏡にうつる桜かな

これはあくまでも私の十句選である。

坪内稔典氏が十句を選ばれたら、また別のいつきワールドが現出する筈である。

数年前、「俳壇賞」受賞の折の、いつきさんの壇上スピーチは爽快なものであった。「農家の嫁ですから、馬齢薯を植えつけてこのたび上京いたしました。……」とはじまって、会場の人々を魅了した。私の隣に坐っておられた柚木紀子さんが拍手しながら、「新しいタイプの俳人の出現ね」とささやかれたこと。祝賀パーティーで、鈴木真砂女・桂信子というおふたりの大先輩といつきさんを一緒に撮らせて下さいとお願い申し上げたところ、桂先生が「黒田さん、彼女ほんとうに素敵なごあいさつで、ご立派な気持ちのよい女性の俳人でしたよ。おめでとう。あの方何てお若いんでしょう。」といつきさんを心から賞賛して下さったことが嬉しかった。

投句者と選者ということで、ゆくりなくもはるか昔に出合った私たちであるが、去年、平成十年の春から年に四回はどうしても逢えることになった。六十歳を機に、四国八十八カ所の「遍路吟行」というものを私は「藍生」の仲間とはじめている。四国四県の会員が幹事を持ち廻りで担当、年四回吟行実施というゆっくりとしたペースですすめてゆくのである。

いよいよあすは第四十五番海岸山岩屋寺にゆく。国民宿舎古岩屋荘に泊って、幹事の夏井いつきさんをはじめ、各地から参集する仲間と前夜句会が予定されている。

NHK放送センターでの収録のため、しばしば上京されるようになった夏井いつきと、長年の発心が現実化して、四国遍路吟行を重ねることが出来るようになった黒田杏子と。ふたりの友情はこの句集刊行を機に新しい段階に入る。俳都松山で活動することのむつかしさを折々にこの人は洩らす。「ありがたいこととして受け止めなさいよ。チヤホヤされるより、そのことは却ってあなたを鍛えるはず。二十一世紀に向かって、子規の備えていたグローヴァルな視野を継承して、本格俳人になること。マスコミにつぶされるようなあなたではない。自分を創るのはあなたの地道な努力以外にないのです。一に努力。二に努力。三に勉強。」などと私は先輩ぶって伝える。苦労を知らない俳人なんて結局駄目ですよとも繰り返す。それが分らない人ではないと信じるからだ。
　ところで、句集のデザインは番組「BS俳句王国」でおなじみの八木健アナウンサーが担当されると伺っている。出合いをはぐくんでくれたいそがない「時の贈り物」ともいうべきこの句集が、友人・知人はもとより数多くの未知の人々に繙かれることをたのしみに、序文の筆を擱く。

平成十一年　五月

平成 11 年 発行
『伊月集』初版本

（平成11年発行『伊月集』初版本より）

目次

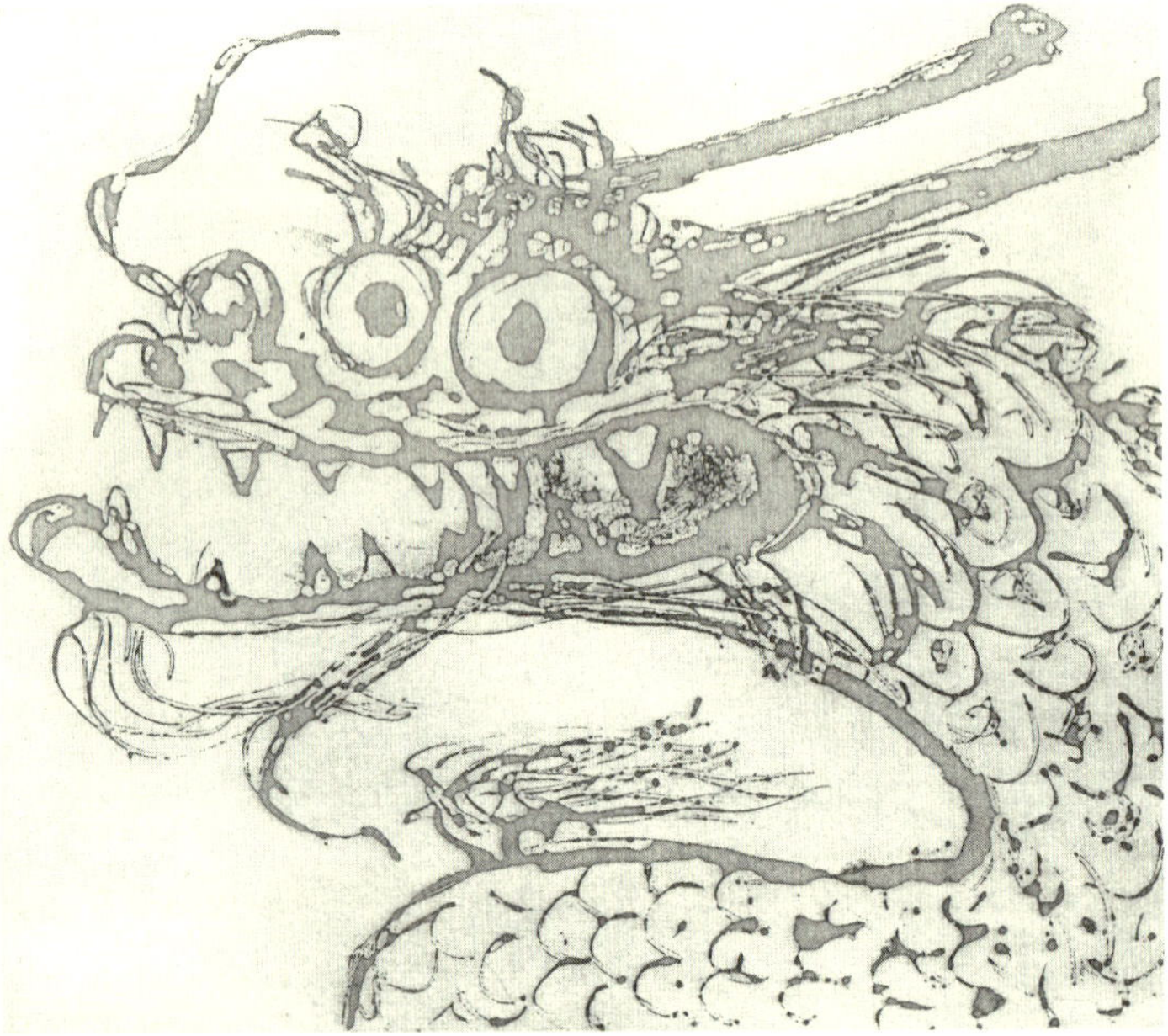

伊月集

龍

夏井いつき

ヒヤシンス

三十四句

遺失物係の窓のヒヤシンス
首筋を蝶触れ過ぐるつめたさよ

春愁の眼を水にひらきたる
芽吹く夜をきて面識のなき男

まつさをな異国の蝶をあづかりぬ

キリストのごとくに痩せて春の魚

ヒヤシンス手話もぴあのも漂へり
春の日の根のやうに触れあうてゐる

春眠てふひかりの繭にうづくまる
ひんやりとして囀の降りしきる

うまさうな春の蓬とおもふかな
障子山もぐらの穴も笑ひけり

ふはふはの羽まじりたる雀の巣
たまご生みさうな尻して春の鴨

ことによく匂うてをるは春の熊
きんぽうげ色の仔猫を拾ひきて

てふてふを殺す薬を買ひにゆく
墓石ときつねのぼたんばかりなり

春日傘うへの妹さんに会ふ
父に似た男と暮らす蜆汁

まづさうに煙草をふかす柳の芽
からつぽの春の古墳の二人かな

さへづりや会はねばすぐに忘らるる
ミゲーラとその妻のくる草朧

おとうとをねだられてをる朧かな
夜の桜ちかくに海のあるやうな

東京の春のかもめを数ふるよ
桜貝ビスコの箱に入れてある

春のいそぎんちやくに指吸はせゐて
春夕焼塔きりくづす遊びかな

ゆく春の麦芽飲料とは不味き
柳の芽本屋に長居してをりぬ

独訳をせよ桜蘂ふりしきる
メーデーの日のアリバイを問はれをる

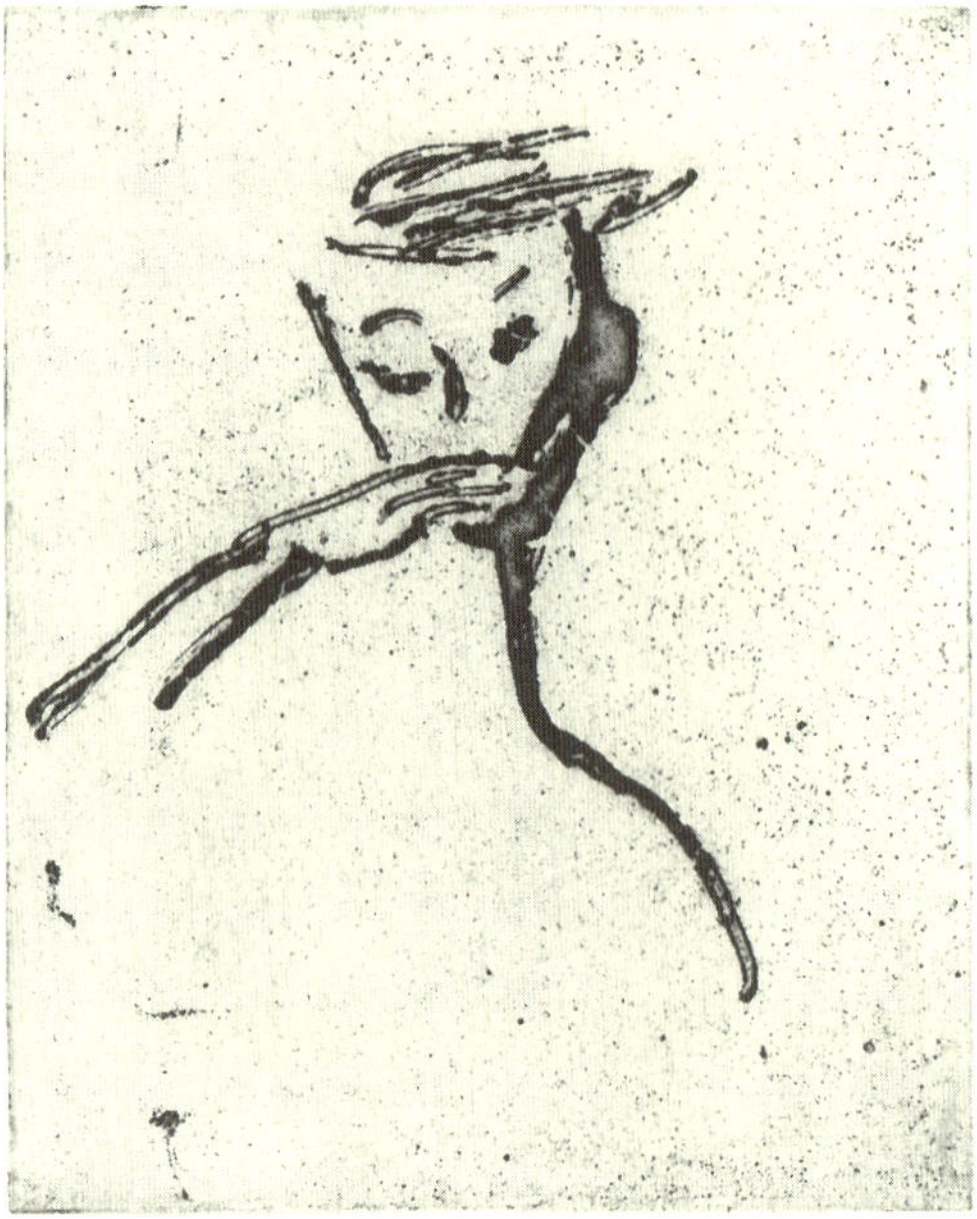

韮の花

六十二句

神の住む山も立夏のひかりなり

葉桜やはるかな水が井戸の底

るり揚羽あらがふときを光りけり

牡丹のかなたを義兄すぎゆきぬ

ぼうたんに触れて子供のはにかみぬ
よどみなく答へて青き蜥蜴の尾

学校で教へないこと菫の花
蛇苺ほどのいぢわるしてをりぬ

夏茱萸のすつぱき顔をまのあたり
フランスのことばのやうに花茨

また例の泉に逃げてをるのだらう
泉ほどさみしきものを知らざりき

巡礼の杖をひたせる泉かな
幻聴やたかみにくらき桐の花

桐は天のあをさに冷ゆる花なりき
てのひらに桐の一花のおほいなり

夢に桐の花房たをらむと走る
滝みつめをるや眼球濡るるまで

椎匂ふ夜は薬の効かざるよ
ていねいに眼を洗ふ半夏生

朴の花蛋白質の色である
麦秋の櫂を濡らしてもどりたる

蔓薔薇や硝子のかけら踏める音
夏霧の粒子に触るる髪である

しつかりと握つたはずの初蛍
子供らの歩けばひかる蛍籠

蛍火のふいに二手に分かれけり

あぢさゐのためのつめたき花瓶かな

紫陽花や夢の男の嗄れ声
緑陰にあやしき石を売つてをる

たむろして金魚のよしあしを論ず
つぎつぎにつかみださるる金魚かな

蔵二階まで夏蝶ののぼりくる

はしつこの風鈴がまづ鳴りだしぬ

思ひ出すことの一つに金魚草
先生のあとひよんひよんと糸とんぼ

夕涼みがてらに犬を拾ひけり
八卦見のをぢさんと見る大花火

アベックの男の方のゴム草履
ネズミ花火しに堤防へ繰り出しぬ

衝動の色にダリアのひらきたり
まひるまの蟻うつとりともの舐めて

ダリア繚乱朝食喉をとほらざる
学生のずるずる歩く暑さなり

ふぞろひな両眼をもち夏痩す
鐘強くついて日照の河しろし

勅使門より万緑を見据ゑたり

山蟻の膝がくがくと急ぎけり

擲てば蛇のざばりと浮きあがる
日盛や漂流物のなかに櫛

仏壇のまへで昼寝をしてゐたる
三伏のリングサイドの父なりき

夏の月ハゼの南蛮漬喰へよ
涼しさののれんにはねて白兎

涼しさを語りてをれば寝てしまふ
ががんぼの振り向くことのなかりけり

がうがうと風の向日葵畑かな
きつつきの穴も男の眼も涼し

まつしろな百合をかついでゆく子供
グレゴリオ聖歌も遠のく雷も

助手席にわたしの凹み休暇果つ
向日葵の等間隔に枯れてをる

龍

二十六句

月はいま濡れたる龍の匂ひせり
てのひらに龍のうろこと菱紅葉

十六夜の龍の目玉をねだりをる
龍を呼ぶための鬼灯鳴らしけり

夕顔の実に封じ込む龍なりき
龍の胆煎じてをりぬ野分かな

龍の玉離れに人を住まはせて
龍子とは妾の名なる障子かな

龍の落とし子と呼ばれて寒がりで
革ジャンの背に龍をどる初詣

下総の龍をからかふ手鞠唄

海彦と龍彦と山眠りけり

枯園や龍頭《リューズ》を巻くといふ行為
雪礫あたりて龍のミューと泣く

龍神さまの裏側のふきのたう
龍の耳ぴくりとうごく四温かな

貝寄風や生け捕りの龍売りにゆく

葛餅は龍の目玉の味したり

春月や龍にはのひとりごと
朧夜のちひさき龍をかくまうて

水無月の胃を病みてをる龍らしき

蛍船龍の真上を過ぎにけり

若き龍の匂ひとおもふ朴の花
夏痩せてをれども龍と名乗りけり

もてなしのつめたき酒と龍の舌
龍の尾といふ干からびしもの涼し

かもめ

六十二句

はるかよりはるかへ蜩のひびく
初秋のしづけさに箸おいてゐる

つぎつぎに七夕竹の倒さるる
八月の太陽濁りはじめたり

迎火を焚くにいささかコツのある
わたくしの流燈もまたその中へ

一斉にみえぬもの指す踊かな

処暑の夜の水にかすかな鉄の味

朝顔を贈るというてそれっきり
草の花トラック野郎とはやさし

一輪車の少女すすきの穂をかかへ
百合は実となりゆく熱をはらみつつ

小鳥来るひかりのあした祈りけり
まつしろな秋蝶蝶いたかもしれぬ

秋の蝶じわじわ狂ひはじめたる

蓮の実を握りつぶしてのちのこと

去来忌のけふ必着といふ書類
敬老の日の警報のでてをりぬ

ぞつくりと鶏頭濡れてゐたる朝
あしもとに日のかがやける曼珠沙華

曼珠沙華天井川へ咲きのぼる
川ぐいとひかりて曲る曼珠沙華

ふるへあふ音叉のごとく曼珠沙華
秋蝶の地にふれさうでふれさうで

先生と大きな月を待つてゐる
たつぷりと水ふくみたる月のぼる

荒れ果つる薬草園に月のぼる
青《チン》島《タオ》に行つてもみたし秋の風

西浦といふ秋風の立つところ
犬靴をくはへてゆける子規忌かな

ていねいにおじぎして菊日和かな
立ち上がる力の色に草の花

スケジュール帳に芥子蒔く日とありぬ
芥子蒔くよしんじつ空の青ければ

たうもろこし畑奇妙な風吹けり
台風のきさうな夜を遊びをる

傾けるまま鶏頭の太りゆく
理科室の窓の七色たうがらし

黄落や記憶に瘤のあるごとく
黄落の匂ひに濡れてゆくやうな

赤ん坊ひよいとかかへて紅葉山
ポケットに入らぬものに朴落葉

秋の滝とはあをじろくそそりたつ

啄木鳥や空気の芯のまつすぐな

レモンかじれよ青空の落ちて来よ
木の実踏みつぶせばいきいきと匂ふ

珈琲をわたされてゐる花野かな

鳥渡るインドの野焼みにゆかむ

秋夕焼の断面の荒れてゐる
夕花野莨のきれてきたる顔

瓶にさす夜秋草の根のひかり
話しかくれば鶏頭をみてゐると云ふ

耳さとくなりゆく秋のかもめかな
兄さんのことを尋ねて秋の波

木の葉ちる明るさに君あらはれよ
鶏頭の枯れたることに触れざりき

怒りしづかにしづかに熟しゆく石榴
蟷螂の枯れたる腹のやはらかき

かぎ鼻のごとくに朽ちて鵙の贄
そこにまだありをととひの鵙の贄

子をおいてきて檸檬とは匂ひたつ
晩秋の白鳥橋はわたらねど

セロリ

六十二句

台本になく咳き込んでをりにけり

しぐるると云うてピアノを弾きにゆく

枇杷の花らしからぬこの純白は
返り花かすかに鉄の橋ふるへ

神主の身支度すすむ時雨かな

灰の底よりまつくろな椿の実

時雨忌のあつきスウプのはこばれて
頭上の冬雲の体積おもひけり

一茶の忌とんと出口の見あたらぬ
九年母は好きかと問はれても困る

波郷忌の見事な柿を喰らふべし
せつせつとながるるものに雪の川

たかだかと冬蝶は日にくだけたり
裸木のためにに青空つめたくす

冬かもめ光はここにはじまりぬ

人参の葉のいきいきと十二月

おそろしきこと言ひにゆく十二月
木の魚の眼は失せぬクリスマス

海光や凍れる耳をもちあるく
をととひのことは忘るる波の花

湯冷してぞつとするほど父に似る
椎茸の河童のお皿ほどであり

母が吾をまたいでゆきぬ年の暮
フランシスコ・ザビエルのかほ飾売

まっくろな家神様や年の暮
大年の夕日見にくる奴らなり

いま年を越したと云はれさう思ふ
元日の喉につめたきミルクかな

赤ん坊おとさぬやうにお元日
西行の恋よみすすむ二日かな

男また眠つてしまふ三日かな
人日の木箱になにを入れませう

松過ぎの喉に小骨の立てりけり
日赤の緋寒桜を見にゆかむ

フィリピンの人かときかれ都鳥
教頭がきて山茶花を誉めてゆく

こんなにも寒くて漢字なほも書く
綿虫を睨んでをれど見失ふ

文旦を嗅げば元気のでる男
微笑みて革手袋は脱がずをり

ばらばらに動いて鴨の陣となる
ざばざばと大白鳥の渉る水

野水仙とは海光を押しもどす
子の恋よ水鳥の白まぶしみて

水鳥をいだけば胸の濡れにけり
精神のごとくに氷柱透きとほる

山頂や雪にわたしの影あかるし
あたらしき樹氷はげしき青空よ

わたくしの肺きよらかに雪となる
雪宿の救急箱のあるところ

ストーブやあなたの靴が干してある
右足のスケート靴が小さくて

氷上に円ゆっくりと描ききる
氷塊となりつつ滝のひびきつつ

凍滝のうしろを水の音走り
うつとりと凍滝溶けてゆくどこか

凍滝を視てきしくちびるとおもふ
いもうとの一家と雪の汽車を待つ

雪の夜の冬剪りダリア束ねらる
こがらしや耳朶熱くして眠られぬ

荒星の匂ひのセロリ齧りたる
遠ざかる真冬の百合を買ひし人

しまふくろふ

五十四句

おもひだすやうな眼をして冬の虹
祖母うごく音とおもへる障子かな

狐火の怒れば白くゆらぎけり
善玉のはうの狐火つれてくる

眠れ眠れ吾子もしまふくろふの子も
奥の間につづくましろき枯野かな

懐手して鶏締むる算段す

枯蓮や空は容赦もなく青き

真黒ななにかをくはへ冬鷗
風強き日の水仙を切り束ね

帰る気もなくて水仙守となる
棒きれのやうに冬日のなかにゐる

このごろの寒さに朽つる椿かな

考へてをるとも見えて冬耕す

宝厳寺・一遍上人像

一切を捨てたる冬木桜かな

文机の端まで歩く冬の蠅

西の都の冬夕焼の崩れしか
俳優の枯木のやうなサインかな

悴むや顔より耳のはみだして
香港の人がかじつてゐる金柑

大くしやみしてヘーゲルを説く人よ
居酒屋の二階の冬の金魚かな

雪になりさうな匂ひの男かな
久女忌の人参甘しかみくだく

冬桜ぬけぬけと空あをく青し
くらがりに目のなれてゆく追儺かな

清潔な手足でありぬ追儺の夜
友人といふ男くる余寒かな

ももいろの錠剤バレンタインの日
駅頭のテレビに春の吹雪かな

しまふくろふ

白魚を喰はずぎらひの助役なり
紅梅やきれいな石を抽斗に

梅の花古墳の穴のぽこぽこと
草萌や壁画にのこる朱き魚

春寒の穀物倉の鉄扉かな

うぐひすに井戸の深さを教へけむ

うぐひすに見せてはならぬ鏡かな
生意気なものに義弟とうぐひすと

うぐひすに生まれかはつてをるらしき
まつさらな水をこぼせる椿かな

ばらばらに椿をこはす子供かな
涅槃図の空あをじろく剝落す

涅槃図の月からつぽの白さなる
涅槃図のましろき土の怖しき

てふてふの水より生まれくるひかり
三越のまへにて会はむ雛の日

川浪の白たちあがる山桜
鳥交る硝子にみたしゆく真水

山桜岩波国語辞典かな
たんぽぽや国土地理院刊白地図

こんな日のこんなさよなら春の川
抱きしめてもらへぬ春の魚では

船籍はロシア積荷は花すみれ
船長の子犬をもらふみどりの日

花

三十句

まつしろにあふるるものを花と呼ぶ
いもうとの白く妊る桜かな

花季のちひさき滝のゆくへかな
あさつての花まつりには来よと云ふ

象の糞ほくりとくづれ桜さく
犀のまつげのみつしりと桜咲く

一角の青空うごく桜かな
地下鉄のふいに桜の中に出る

眉のなき男のきたる桜かな
夕桜よシャドーボクシングの影よ

また呑みにでてをるころの桜かな

花の夜の魚の卵かみつぶす

がぢと舌かんで桜の夜となりぬ
桜さきみちて銀化のきざしつつ

ほろほろと岩のくだくる桜かな
ぐしゃぐしゃと花びらつかむ虻の脚

人体のサーモグラフィー桜さく
歯車の錆びついてゐるさくら季

花季の夢に泣きだす子供かな
曾祖母の鏡にうつる桜かな

うかうかと歩けば花の寺へ出る
酒買ひに行つたきりなる桜かな

目くばせをして花の下たちされり
法蓮寺殿の豪雨の桜かな

姉さんの夢にでてくる八重桜
ゆふざるる霧の桜となりゆけり

男には告げぬ桜を見しことは
全面の硝子を走る落花かな

花びらを追ふ花びらを追ふ花びら
花吹雪へと突つ込んでゆく子供

あとがき

黒田杏子という俳人を知り、その人になりたいと願い、なれないことに愕然とし、そこから新しい自分を見つけるまでに十九年が過ぎた。そんな三十代までの私の格闘をまとめた三百三十句は、すでに懐かしいものとして、いま目の前にある。妙にさばさばした気分でこのあとがきを書いているのは、ひょっとするともう歩きだしている四十代の私が、今の自分を存分に面白がっているからなのかもしれない。

句集名とした『伊月』とは、祖父が名付け、父が慈しんでくれた私の本名である。いかにも俳人然とした本名にいささかの照れもあって、独学の頃に今の俳号を使い始めた。「伊豫の国の月のように」という名付けの弁もさることながら、祖父の愛していた女性の名前であったという事実を知るにいたって、ますますの愛着を感じるようになった。その名前をここに使うことができることもまた、このうえない喜びである。

自分の力で選をし構成をした初校は、黒田杏子先生に見ていただいた。たくさんの付箋が張られ戻ってきたその初校原稿と対峙する作業は、今まで味わったことのない緊張感に満ちていた。納得できるところまで考え抜き手直しをするために四ヶ月もかかってしまったが、滅多にお会いすることのできない杏子先生とのこの精神的真剣勝負こそが、句集を編む上での最も大きな収穫だったのかもしれない。
秋の旱が続いていた松山に、今夜は気持ちのよい雨が降っている。

子規忌を明日に控えた夜に記す

夏井いつき

夏井いつき
Itsuki Natsui

昭和32年生まれ。松山市在住。8年間の中学国語教諭の後、俳人へ転身。「第8回俳壇賞」受賞など。俳句集団「いつき組」組長。創作活動&指導に加え、俳句の授業〈句会ライブ〉、全国高等学校俳句選手権「俳句甲子園」の創設にも携わるなど幅広く活動中。テレビラジオのレギュラー出演、MBS「プレバト!!」俳句コーナー出演中。松山市公式俳句サイト「俳句ポスト365」選者、朝日新聞愛媛俳壇選者、愛媛新聞日曜版小中学生俳句欄選者。句集「伊月集 梟」（マルコボ.コム）、「100年俳句計画」（そうえん社）、「子規365日」（朝日新書）、「絶滅寸前季語辞典」（ちくま文庫）、「超辛口先生の赤ペン俳句教室」（朝日出版社）など著書多数。「俳句新聞いつき組」購読受付中。kumi@marukobo.com

句集　伊月集　龍
2015年7月10日　初版第1刷発行
2020年10月5日　初版第4刷発行
著　者　夏井いつき
発行者　原　雅久
発行所　株式会社 朝日出版社
〒101-0065
電話　03-3263-3321（代表）
http://www.asahipress.com/
印刷・製本　図書印刷株式会社
装　丁　キム・チャンヒ
イラスト　赤井稚佳